集中外名家经典科普作品
全力打造科普分级阅读图书

LAOGONGGONG DE WANJUDIAN
老公公的玩具店

陈龙银　薛贤荣　姚敏淑　主编
方轶群　等编著

少儿科普精品分级阅读
（6~9岁）

北京师范大学出版集团
安徽大学出版社

图书在版编目(CIP)数据

老公公的玩具店/陈龙银,薛贤荣,姚敏淑主编;方轶群等编著.—合肥:安徽大学出版社,2015.9

(少儿科普精品分级阅读.6~9岁)

ISBN 978-7-5664-0978-2

Ⅰ.①老… Ⅱ.①陈… ②薛… ③姚… ④方… Ⅲ.①阅读课－小学－课外读物 Ⅳ.①G624.233

中国版本图书馆 CIP 数据核字(2015)第 150919 号

出版发行:	北京师范大学出版集团 安 徽 大 学 出 版 社 (安徽省合肥市肥西路 3 号 邮编 230039) www.bnupg.com.cn www.ahupress.com.cn
印　　刷:	合肥市裕同印刷包装有限公司
经　　销:	全国新华书店
开　　本:	170mm×240mm
印　　张:	8.25
字　　数:	94 千字
版　　次:	2015 年 9 月第 1 版
印　　次:	2015 年 9 月第 1 次印刷
定　　价:	15.80 元

ISBN 978-7-5664-0978-2

策划编辑:钟　蕾	装帧设计:徐　芳　李　军
责任编辑:谢　莎	美术编辑:李　军
责任校对:程中业	责任印制:赵明炎

版权所有　侵权必究

反盗版、侵权举报电话:0551-65106311
外埠邮购电话:0551-65107716
本书如有印装质量问题,请与印制管理部联系调换。
印制管理部电话:0551-65106311

顺应时代需求，荟萃科普精品

陈龙银　薛贤荣

在多地为青少年举办的"好书推荐"与"最受欢迎的图书评比"活动中，科普作品都占有相当大的比重。不但家长和老师希望孩子们多读科普作品，以汲取知识、启迪智慧，而且孩子们自己也非常愿意阅读此类作品，他们觉得对自己的成长有所裨益。

科普作品（包括科幻作品）是科学与文学相结合的产物，此类书在中国的萌芽最早可以追溯到20世纪初叶。

晚清时，中国的知识分子就开始思考用含有科学知识的文学作品启迪民智、更新文化。梁启超于1902年发表的《论小说与群治之关系》一文，强调了包括"哲理科学小说"在内的新小说对文化改良的巨大作用，并翻译了《世界末日记》《十五小豪杰》等西方科幻小说。鲁迅则认为"导中国人群以进行，必自科学小说始"，他翻译了凡尔纳的《月界旅行》《地底旅行》等科幻小说。《新中国未来记》《新石头记》《新纪元》《新中国》等早期科幻文学的一个个"新"，表达了中国人对工业化基础上民族复兴的渴望，所有主题都绕不开现代性的追求。

新中国成立后，特别是改革开放以后，科普作品出现了创作、出版与阅读的高潮。近年来，科普作品进一步与民族复兴的中国梦联系起来。在审美功能不被削弱的前提下，科普作品不仅被赋予了教育价值，还肩负起构筑民族国家精神、引导民族国家复兴的政治理想。人们对其价值与作用的认识达到了前所未有的高度。

本丛书就是在此大背景下问世的。

科普作品的作者一般由两类人构成：一是文学工作者，他们在文学作品中加入科学知识并期盼这些知识能得到普及；二是科学工作者，他们用文学的手法向读者介绍科学知识。具有科学知识的文学工作者与具有文学素养的科学工作者并不是很多，因而，就具体科普作品来说，要想克服忽略生动与感染力的通病，达到科学与文学水乳交融的境界，绝非易事。因此，优秀科普作品的总量不多。

打破地域、时间和作者身份的限制，广泛搜集科普精品，再将内容与读者年龄段精心匹配，使之成为一套科普阅读的精品书，这就是本丛书的编选方针。对于当前的普遍关注而又存在认识误区的话题，如食品安全、环保、转基因利弊等，丛书在选文时予以重点倾斜；对于事实上不正确而大多数人却认为正确的所谓"通说"，丛书则精心选用科普经典作品予以纠正。

本丛书的特点还体现在以下几个方面：

其一是分级，从小学到初中共分为九本，每年级一本。从选文到编排，都充分考虑到各年龄段读者的不同特点。如考虑到一、二年级段的小学生识字不多、注意力难持久集中、理性精神尚未觉醒等特点，在选文时多选短文，多选充满童心童趣的童话、故事，尽量避免出现难以理解的专业术语，并加注拼音。初中阶段读者的理解力已经很强了，故而选文篇幅加长，专业术语出现的频率也相对增多。总之，丛书的选编坚持"什么年级读什么书""循序渐进"和"难易适中"的原则，以免出现阅读障碍。

二是保护、激活读者求知与想象的天性。求知和想象本来是孩子的天性。但现在的教育不但忽视了对于孩子想象力的保护和培养，而且在一定程度上抑制了孩子的天性。本丛书力求让读者能轻松阅读、快乐阅读，力求所选作品能够保护孩子的想象力，开发孩子的创造力，让他们得以充分发展。

三是让读者在获得科学知识的同时培养其科学献身精神。科普作品是立足现实、面对未来的，了解知识固然重要，但对于正在成长的少年儿童来说，引导他们关注未来，激发他们去探索科学的真谛，为科学献身，则更加重要。这套书对培养他们的科学献身精神有着不可低估的作用。

目录

第一辑 动物奇境故事

老公公的玩具店	2
比黄金还贵的礼物	5
可怕的误会	7
动物界的冠军	12
小兔找朋友	15
动物比本领	19
伤害小树的坏蛋	22

第二辑 植物王国趣事

小豆圆圆历险记	30
梧桐籽的"羽壳"	47
叶儿离开树妈妈	51
不想长叶儿的树	54
该吃哪部分	57
小草的生命力	59
三棵小树苗	63

第三辑 大自然寻秘

公正的松树爷爷 … 68
谁赶走了野兔 … 73
会灭鼠的丁香 … 76
天上下黄雨 … 79
奇妙的红雪 … 82
用不同的眼睛看 … 85

第四辑 生活与科技探奇

兔子脱险记 … 92
瓶子中的小老鼠 … 97
小猪咬铅笔 … 102
救救美人鱼 … 106
铁块与木块 … 112
小熊的百货商店 … 115
断桥之谜 … 119

第一辑
动物奇境故事

小朋友都喜欢动物，对动物的生活和习性无比好奇。

确实，动物世界每天都有新奇的事。这个王国里的故事，生动又引人入胜。

你看，比黄金还贵的礼物能接受吗？动物界的冠军有哪些？伤害小树的坏蛋是谁？……你想知道答案吗？它们就在下面这些奇妙的故事中。

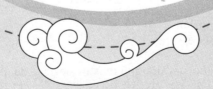

老公公的玩具店

方轶群

这天,小猪、小兔、小猫和小狗到"老公公的玩具店"买玩具。那里什么稀奇的玩具都有。

小狗看看天上的白云,说:"我要买'白云'。"

老公公说:"有!"就给他一个纸袋。

小狗把纸袋一拍,"啪"!纸袋破了,飞出一朵白云,它飘上天了。

小猫买了一袋"雨",他把纸袋往空中一扔,"沙沙沙",落下一阵大雨,真好玩。

小兔买的是"风",他刚撕开纸袋,里面就吹出一阵风来。

老公公卖给小猪的是"雷",大家吓得都逃开。

小猪也害怕,连忙把"雷"扔到空中,立刻电光一闪,"轰隆隆",雷炸了。

小狗也要买"雷",老公公却给他两片"乌云",说:"一样的。"

小狗把"乌云"放上天。两片"乌云"一撞,电光一闪,"轰隆隆",真吓人。

大家都买了"乌云"。许多"乌云"升上天空,下起了雨。

雨下了很长时间,地上积满了水。大家喊:"别下雨了,别下雨了!"可是没有用。

闹水灾了,大家都很发愁。老公公笑嘻嘻地拿出几袋"风"。"呼"——一阵大风吹来,把"乌云"吹走了。

雨停了,太阳出来了,大家都很高兴!

知识链接

云主要是由水汽聚集形成的；风是跟地面大致平行的空气流动的现象，是由于气压分布不均匀而产生的。雷是云层放电时发出的响声。

比黄金还贵的礼物

薛贤荣

毒蛇看见一只兔子,就"滋滋"地爬过来。

"你想干什么?"兔子惊恐地说,"千万别过来!我,我还是跑吧!"

"你不用怕,也不要跑。"毒蛇说,"我只想送点礼物给你,这礼物很值钱,比黄金还贵!"

兔子本来很容易就能逃脱,但听说毒蛇要送它"比黄金还贵"的礼物,就站住了。

这时,毒蛇飞快地窜过来,在兔子身上咬了一口。

"你,你骗我!"兔子倒在地上,奄奄一息地说。

"我没有骗你,我把毒液作为礼物送给了你。

毒液可是很有价值的东西呀,它的确比黄金还贵!"

——坏人的礼物,是不能随便接受的,哪怕这礼物的确比黄金还贵。

知识链接

目前已制成的眼镜蛇毒注射液具有比吗啡更有效和持久的镇痛作用。用蛇毒酶治疗癌症也收到了一定疗效,所以有的蛇毒确实比黄金贵。

可怕的误会

薛贤荣

狗在森林里孤独地走着,它很寂寞,心想,有个伙伴一起玩玩就好啦!正想着,巧!打前面走来一只猫。

狗很高兴,忙伸出一只前爪,并使劲摇摇尾巴。

猫愣了一会,不情愿地伸出一只前爪。

狗一见,连忙欢欢喜喜地凑上前去,不料猫突然跳起来,在狗脸上狠狠地抓了一把,狗脸上顿时凸起五道血痕!

狗气坏了,也跳起来,一口咬断猫的前腿。

狗和猫怒吼着,都使出浑身解数,拼命厮打起来!直打得头破血流、毛发乱飞,还不肯

罢休。

正巧,猩猩警长路过,见到猫狗打架,便把他们带到森林警察局。

第二天,猩猩警长开庭审讯。

"狗!你为什么咬断猫的前腿?"猩猩警长厉声问道。

"这不能怪我,谁叫它先抓破我的脸的?"狗说。

猩猩警长看看狗脸,果然有五道血痕,便问猫:"猫!你为什么抓破狗的脸?"

"是我抓破了狗的脸,但这不能怪我,因为它威胁我!"猫说,"它一见到我,就伸出一只前爪,还使劲摇尾巴。对于我们猫来说,这些动作的意思就是:快滚开!不然我就用爪子抓你!虽然我们猫的力量不如狗,但也不能

受欺负呀!所以我就……"

"冤枉呀!冤枉呀!"狗一听,连连喊冤,它说,"我伸出一只前爪并使劲摇尾巴,是表示友好,在我们狗的语言里,这个动作的意思是:来,朋友,我们一起玩吧!"

"你骗谁?"猫大叫起来,"表示友好,只能用打呼噜!"然后猫做了个示范,从喉咙里发出一阵舒服的呼噜声。

"可是,这在我们狗看来,恰恰是一种威胁!"

猩猩警长听糊涂了,他挠挠脑袋,难下结论,原来他也不懂猫和狗的"语言"。

没有办法,猩猩警长只好把动物学家门策尔博士请来。

门策尔博士听了猫狗双方的申辩,说:"他们都没有说谎,猫狗传统'语言'

的表示方法是相反的。当狗表示友好时,在猫看来是一种威胁;反之,当猫表示友好时,在狗看来也是一种威胁!"

猩猩警长恍然大悟,惊叫道:

"误会是多么可怕!猫狗之间的仇恨和搏斗,原来都是误会引起的呀!"

"只要猫狗之间多来往,加强交流,相互谅解,"门策尔博士说,"误会是可以消除的。"

知识链接

猫和狗的肢体语言表意相反。如狗伸出前爪是表示友好,而猫伸出前爪表示的则是挑衅和蔑视。

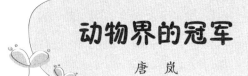

动物界的冠军

唐岚

一天,大象看到这样一则消息:

许多动物为了更好地生存,在大自然里练就了一身本领,在不同的领域中独占鳌头,成为"冠军"。

"我是什么冠军呢?"大象想着,便查起资料来。

他查到长颈鹿是陆地上最高的动物,体高五六米,有"高空进食"的独特本领,能毫不费力地够到离地面五六米高的树叶。

他查到蓝鲸是世界上最大的哺乳动物,身长30米左右,体重约70吨,张开嘴就可以达到10个成人自由进出的宽度。

大象还查到鸵鸟是现存最大的鸟，最大的雄性鸵鸟身高有2.75米，身长2米左右，体重约160千克。

大象又去查"短跑冠军"，知道了猎豹是动物中的短跑冠军，他从静止到时速70千米，只需2秒钟。如果与猎物相距50米以内，猎豹不用2秒钟就能将猎物扑倒。

查来查去，大象都没有查到自己，心里很难过。

这时，大象妈妈走来了。她了解情况后说："你再查查陆地上最重的动物吧。"

于是，大象查到了这样一句话："大象是陆地上最重的动物，成年雄象的身高可达3米，体重可达3.5吨。"

看到这里，大象兴奋得大叫起来："我也有冠军称号啦！"

知识链接

动物界现存的"游泳冠军"是旗鱼,目前人们记录的旗鱼游泳速度最快可达每小时110千米;有人说,如果按比例放大的话,世界上运动速度最快的动物是一种叫"虎蛱"的昆虫,放大到质量和人一样时,它的时速可达到400多千米。

小兔找朋友

沈 宏

"找呀找呀找朋友,我想找个好朋友……"小兔一边跳一边唱,他在干什么呀?一听就知道,他正在找朋友呢。

小兔唱着跳着,来到了小花猫跟前。

"长耳朵小兔,我愿意做你的好朋友。"小花猫招招手,热情地说。

"你有什么本领呀?"小兔问。

"我……"小花猫想了想,说,"我会捉老鼠,而且歌唱得也不错。"

小兔仔细看了看小花猫,摇摇头说:"可是你的胡子太难看啦,像个老头。这可不行!"

小兔不愿意和小花猫做朋友,接着往

前走,他一边走一边唱:"找呀找呀找朋友……"

唱着跳着,小兔遇到了小牛。"小兔,我愿做你的好朋友。"小牛高兴地说。

"你有什么本领呀?"小兔问。

"我有力气,能帮农民伯伯耕地。"小牛回答。

小兔仔细地看看他,摇摇头说:"可是你的嘴巴太难看啦,总是嚼个不停。不行,不行!"

小兔摆摆手,继续往前走。他边走边唱:"找呀找呀找朋友……"

唱着走着,小兔遇上了小松鼠。"小兔,小兔,我愿做你的好朋友。"小松鼠友好地说。

"你有什么本领呀?"小兔问。

"我……我会爬树,还会玩杂技。"小松鼠回答。

小兔仔细打量了小松鼠一番,然后摇头说:"你的尾巴太大啦,像个大扫帚。不行,不行!"

小兔接着往前走,他一边走一边唱:"找呀找呀找朋友……"

就这样,长耳朵小兔唱哑了嗓子,走酸了腿,还是没有找到一个好朋友。他只好往回走,走着走着,又遇到了小花猫。

"找到好朋友了吗?"小花猫问道。

"没……没有。"小兔很惭愧,低着头说。

"世界上没有完美的人或事,你自己不也是吗?——长耳朵、长牙齿、红眼睛……像你这样,一辈子也找不到好朋友的!"

小兔听了,点点头,羞得小脸一阵阵发红。

知识链接

兔子的牙齿是终身不断生长的,所以兔子需要不断进食磨牙。兔子的眼睛长在脸的两侧,因而它的视野开阔。

动物比本领

孙 萍

动物们聚集到一起,要进行一场比赛,看看谁的本领大。他们请来公正的大象伯伯当裁判。可是,比什么好呢?

小鸟、蝙蝠、蜻蜓、蝴蝶说:"应该比谁飞得快、飞得高、飞得最好看,因为飞是一种了不起的本领呀。"

"这不公平。"老虎、狮子、小马、小牛、小猫、小鹿等动物不同意,他们说:"你们有翅膀,我们没有翅膀,怎么比呢?大家应该比跑步,看谁跑得最快,因为跑是一种了不起的本领呀。"

"这也不公平。"听了老虎他们的话,袋鼠、

小兔、蚱蜢等小动物不乐意了,"你们都有一样长的腿,跑起来当然快。大家应该比跳远或跳高,因为跳是一种了不起的本领呀。"

"这样太不公平啦!"乌龟、蛇、螃蟹、蜗牛、壁虎等小动物不同意袋鼠他们的意见,"你们都有腿,而且前腿短、后腿长,比跳高或跳远对你们有利。大家应该比爬行速度,因为爬是一种了不起的本领呀。"

一听这话,池塘里的小鱼、小鸭、小虾等乐得哈哈笑,说:"爬的姿势多难看,这种本领有什么了不起?大家应该比游泳,看谁游得快、游得远。"

动物们争执不下,最后只得让大象伯伯来评判。

大象伯伯走到大家面前,认真地说:"每

种动物都有自己的特长，长翅膀的动物善于飞，长鳍的动物善于游泳，腿很健壮的动物善于奔跑，而前腿短、后腿长的动物善于跳……每种动物都有各自了不起的本领。"

大象伯伯的一番话，让大家惭愧地低下头。

知识链接

现存的动物中，跑得最快的是猎豹，跳得最高、最远的哺乳动物是袋鼠，跳得最高的昆虫是跳蚤，飞得最高的是安第斯兀鹫，飞得最快的是尖尾雨燕。

伤害小树的坏蛋

杨贤招

小白兔家的门前有一棵嫩绿的小树,小白兔可喜欢它啦,经常给它浇水、施肥,有时还围着它跳"蹦蹦舞"呢。

可是有一天,小兔发现小树像是生病了一样,枝干和叶子都枯黄了。这可把小白兔急坏啦,他连忙请来了灰兔大夫——大森林里有名的老大夫。

灰兔大夫给小树仔细地检查了一遍,然后对小白兔说:"小树不像是生病,一定是哪个坏蛋伤害了它。"坏蛋会是谁呢?灰兔大夫说不出来,因为他平时只给小动物看病。

小白兔很着急,就去找小猫。小猫听了

小白兔的话后想了想，说："坏蛋可能是小灰鼠！我去问问他！"

小猫带着小白兔来到了小树下，恰好小灰鼠正背着手散步呢。见到小猫，小灰鼠吓得直哆嗦："小猫，别抓我，我可没有干坏事呀！"

"这棵小树枯黄了，是不是你咬伤了它？"小猫指着小树问小灰鼠。

"我是伤害过小树，可这一回不是我干的。不信，你去检查一下。"小灰鼠不承认。

小猫围着小树仔细看，没有发现小灰鼠啃咬的痕迹；他认真地闻了闻，也没有闻出小灰鼠的气味。

伤害小树的坏蛋会是谁呢？小白兔又去问小鸭子。

小鸭子想了想，说："坏蛋一定是蚯蚓，

让我去捉住他吧!"

小鸭子在小树下待了一整天。可直到太阳公公去西边的大山下睡觉,他连蚯蚓的影子也没见到。

小鸭子很扫兴,起身准备往回走时,正好遇见了小公鸡。小鸭子又把事情跟小公鸡说了一遍。

小公鸡听了笑着说:"蚯蚓白天总是躲在土壤里,只有晚上才出来。

第二天,小鸭子和小公鸡来到小树下,找到了蚯蚓的家。蚯蚓正在长长的洞里睡觉呢。

"蚯蚓,是你咬伤小树的吗?"小鸭子和小公鸡齐声问道。

蚯蚓被强光照得浑身不舒服。他伸了个

懒腰,莫名其妙地说:

"我生活在土壤里,松动土块,让树根更好地伸展;我吃掉地上的落叶,排出粪便给小树施肥。难道我做的是坏事吗?"

小公鸡和小鸭子听了蚯蚓的话,觉得他说得很有道理,连忙说了声"对不起",又给蚯蚓盖上土。

那么,伤害小树的坏蛋会是谁呢?小白兔只得去找啄木鸟。

啄木鸟是有名的树木医生。他想了想,说:"一定是小树肚里有钻心虫,让我去捉他吧!"

啄木鸟拎着药箱,来到了小白兔家的门前。他绕着小树飞了一圈,又在树干和树枝上敲了敲,终于找到了一个小圆洞。啄木

鸟用自己的尾巴当作凳子,坐下来用嘴猛啄小圆洞。

不一会儿,他便啄出了一个胖乎乎的害虫。

"坏蛋就是他!"啄木鸟把害虫放到小白兔的面前,气愤地说。

坏蛋终于被抓出来啦。不久,小树就恢复了生机,长得和以前一样茂盛。

知识链接

啄木鸟被称为"森林医生"。它的嘴很锋利,舌头细长,能伸缩,舌尖有短钩,适于钩食树内的蛀虫。爪很坚硬。

第二辑
植物王国趣事

植物为人类和动物们默默奉献,他们是顽强的生命。

植物世界里无时无刻不在发生着有趣的故事。

走进神奇的植物王国,你会被这里精彩的故事吸引。

你看,小豆圆圆的历险多神奇,种子们会自己安家,树叶离开树妈妈的经历多么感人,小草的生命力多么顽强……

还等什么,我们一起读吧!

小豆圆圆历险记

陈龙银

一、小豆跳出了豆壳

秋天是个金黄色的季节。你瞧，小草枯了，大山变得金黄；树叶黄了，飘出漫天的蝴蝶。

秋天是个收获的季节：稻子熟了，弯着腰；高粱熟了，垂着头……小豆圆圆也成熟了，可她还在干燥的硬壳里。圆圆听着农民伯伯收获庄稼的欢笑声，听着小动物们的嬉闹声，她着急了，想出来，好好看看外面热闹的景象。

可是，硬壳紧紧地包裹着她，谁能帮她出来呢？圆圆闷闷不乐地躺在硬壳里，使劲地想啊想。突然，一股热气袭来，让她想起太阳公公来。

"说不定太阳公公可以帮我呢。"圆圆心想。

于是,圆圆向太阳公公请求说:"太阳公公!尊敬的太阳公公!我是硬壳里的一粒小豆。我想去外边玩,您能帮我跳出硬硬的壳吗?"

"噢,小豆,可爱的娃娃,我很愿意帮你,出来吧!我还要告诉你一句话:你是个有用的好娃娃——春天,你会发芽;夏天,你会长大;秋天,你就成了妈妈,有许多和现在的你一样的娃娃。"

太阳公公不仅答应了她的请求,还对她说了那么多话。

"谢谢您,太感谢您了!"圆圆兴奋极了,在硬硬的壳里,一连打了好几个滚。

圆圆正高兴呢,只听"啪"的一声,豆壳张嘴了。圆圆从豆壳里被弹出老远,落在地上,摔得她"哎哟,哎哟"直叫。

圆圆虽然摔痛了,可是心里挺高兴,因为她自由了,可以看到秋天热闹的景象,还能交朋友——这是多美的事啊!

二、蒲公英给小豆一把降落伞

可是,圆圆没有翅膀,她不能飞;又没有脚,也走不了。怎么去玩呢?圆圆急得团团转。

她四下看了看,看见身边站着一株小草,便向小草请求说:"小草兄弟,可爱的小草兄弟,你给我一片叶子当拐杖好吗?"

小草低下头,看见圆圆,为难地说:"我的叶子快枯死了,而且叶子太软,支撑不住你。小豆，真对不起！"

他们的对话被不远处的蒲公英姑娘听见了，她热情地说："小豆，别担心，我给你一把降落伞。你坐着它，哪里都可以去。"

"那太好了！太好了！谢谢蒲公英姐姐！"圆圆兴奋极了。

"接好啊！"蒲公英说着，给圆圆扔去了一把白色的降落伞。

圆圆坐上蒲公英的降落伞飞了起来，她要好好看看美丽的秋天。

圆圆飞到一棵老槐树的顶上，见槐树公公正在将树叶抛下。金黄的落叶像一只只美丽的蝴蝶。

"槐树公公，你在干什么呀？"圆圆好奇地问。

"孩子,你知道吗?现在是深秋了,我把树叶抛下为的是减少水分蒸发,好过冬呀。抛下的树叶腐烂后,还能当作肥料呢。"槐树公公和蔼地回答。

圆圆向四周看了看,发现满山的树都变成金黄色,都在把自己的树叶轻轻地抛下。

圆圆继续飞,又落到一株水稻上。

"哎哟!哎哟!"没等圆圆坐稳,这棵水稻就大声地叫。

"您怎么啦?"圆圆奇怪地问。

"小豆,"水稻大叫,"我的腰快被你压断了!"

圆圆这才看到,这是一棵水稻妈妈,背了好多孩子,垂下了头,弯下了腰,累得不行了。圆圆连忙飞到田边。

"水稻妈妈,您真了不起!背着这么多孩子!"

圆圆称赞道。

"这都是农民伯伯的功劳,我今年才获得大丰收。我快枯死了,可我留下了许多孩子,所以,心里很高兴。"水稻妈妈欣慰地说。

圆圆听着水稻妈妈的话,看着她即将枯死的身子,感到很伤心。

"水稻妈妈,我也要向您一样。"圆圆激动地说,"我现在就发芽、长大,结出许许多多小豆。"

听了这话,水稻妈妈乐了,说:"你的想法很好,小宝贝。可是,现在天气有些冷,你很难发芽;就是能发芽,也没有用——冬天一来,你会被冻死的。记住,春天来了,你才可以发芽。"

听了水稻妈妈的话,圆圆心想:那只好等着春姑娘来了。于是,她撑开降落伞,告

别了水稻妈妈,向天空飞去。

三、麻雀要用小豆喂她的宝宝

"快看,那里有一粒小豆!"

圆圆正在天空自由自在地飞翔,突然听到了说话声,她连忙回头看,只见麻雀爸爸和妈妈正朝她飞来。

"我们把她衔回去,喂我们的宝宝吧。"麻雀妈妈边飞边说。

一听这话,圆圆吓了一大跳,差点从降落伞上摔下来。

"她们要吃掉我,那可不成!"圆圆心里想,"我还要发芽、长大、结豆呢。"

圆圆想着,连忙向下飞。

可是,麻雀爸爸和妈妈很快就追上来,他

们衔起圆圆,就往回飞去。圆圆气得大叫,可是,他们谁也不理她。不一会儿,他们便到了家。

"孩子们,过来吃小豆。小豆含有丰富的蛋白质,营养价值高,吃了长身体。快!快!"

麻雀妈妈和爸爸把圆圆放进窝,又飞出去找吃的了。

麻雀宝宝们围着圆圆,你一口我一口地啄,可是,宝宝们的嘴太小,怎么也吃不到。圆圆痛得直打滚,可麻雀宝宝们谁都不理她,这些宝宝太小了,什么都不懂呀。

突然,"啪"的一声,圆圆摔到了地上。原来,她从麻雀窝的小窟窿里漏下去了。

圆圆躺在地上,动不了啦,因为蒲公英送的降落伞不知什么时候丢了。

就在这时,走来一位胖老头。胖老头看见圆圆,把她拾了起来,说:"带回去做吃的,丢了怪可惜。"

四、胖老头想用小豆做吃的

胖老头把圆圆带回家放进了箩筐。箩筐里堆满了小豆。圆圆见到这么多伙伴,真是又惊又喜。

"你怎么也来了?"一个伙伴问圆圆。

"是胖老头带我来的。"圆圆说。

"哎呀,你知道吗?老头拿我们做吃的——先把我们洗干净,然后碾碎,还要用水煮。"小伙伴惊慌地解释。

"用我做吃的?我不答应!我还要发芽、长大、结豆呢。"圆圆气鼓鼓地说。

"用他们做什么呢？"

突然，坐在一边的胖老头说话了。圆圆和她的伙伴们吓得不敢作声。

"可以烧着吃，炒着吃；可以做豆酱，做豆腐；还可以榨油……"胖老头坐在那儿，掰着指头念叨着。

"不行！"圆圆心想，"我得想办法逃出去！"可是，圆圆没有了降落伞，怎么逃呢？圆圆使劲想呀想，可就是想不出好办法。

突然，胖老头起身走向箩筐。

"我得先把豆子洗洗。"胖老头自言自语，说着，他拎起箩筐往池塘走去。

来到池塘边，胖老头将箩筐放进水中，使劲地搅，搅得豆子们"哗哗"叫。

圆圆也被搅得晕头转向。忽然，她感到

自己漂起来了。仔细一瞧,原来是自己从箩筐的小孔里漏出来啦,圆圆甭提有多高兴了。

圆圆停在池塘里的一片枯叶上。

"我就在这儿安家吧。"圆圆心里想。

五、小青蛙把小豆放在石头上

"你怎么到这儿来了?"一只小青蛙正在游泳,见到圆圆,跟她打招呼。

"我是逃出来的。"圆圆得意扬扬地说,"我要在水里安家、发芽、长大,结小豆,做你的好朋友。"

"哎呀,你错了!"小青蛙发愁地说,"你在水里是长不大的。你们豆子生长需要适宜的空气、阳光和水分。这里的阳光和空气都少,水又太多。这样,你不但长不大,还会慢

慢腐烂的。"

"真的?"圆圆有些不相信。

"当然。"小青蛙说得很肯定,眼神透出十二分的诚意。

"那怎么办呢?"圆圆着急了。

"别怕,我来帮你。"

小青蛙说着,含着圆圆出了水面。小青蛙跳到岸边一块石头上,把圆圆放了下来。

"石头上能发芽吗?"圆圆担心地问。

"这——我也不清楚。"小青蛙说,"你先把身子晒干,如果发不了芽,我过几天再来帮你。好了,我要去帮农民伯伯捉害虫了,再见!"

小青蛙说完,"扑通"一声跳进池塘。

"小青蛙……"圆圆还想说什么,可是,小青蛙已经消失了,水塘里只留下一圈又一

圈的水波……

天气越来越冷。圆圆待在石头上，感到又冷又渴。她不但没有发芽，反而比以前瘦了许多。

"看来石头上不是我安家的地方。可是，小青蛙为什么不来帮我呢？他忘了吗？"

其实，这时小青蛙已经冬眠了，正在洞里睡大觉呢。

又过了几天，天气更冷了。圆圆寂寞地躺在冰冷的石头上，冻昏了……

她会死吗？

六、小猫把小豆放进土里

一天，一只小猫发现了圆圆。

"哟，一粒可怜的小豆！"

小猫轻轻地抚摸着她。

"她被冻晕了,我应该把她放进土里,说不定春天她会发芽的。"

小猫一边说,一边刨了个小洞,把圆圆放了进去,再用土盖好。

天气越来越冷,但圆圆在土壤妈妈温暖的怀里,安稳地睡着了。

就这样,圆圆睡了整整一个冬天。

终于,春姑娘来了,小草钻了出来,小树吐出了嫩芽,燕子飞回来了。

一天,圆圆从沉睡中醒来,发现自己躺在土壤妈妈温暖的怀抱里,感到很奇怪。

她还不知道是小猫帮了她。

"小豆,你醒啦。你可以发芽、长大了。太阳公公带给你温暖的阳光,土壤妈妈带给你丰

富的养料和适宜的水分。快快长吧,小豆。"春姑娘在召唤她。

一个晚上,圆圆长出了白嫩嫩的芽,拼命往外钻。可是,土壤太硬,她钻不出来,怎么办呢?

七、蚯蚓帮了小豆一个大忙

圆圆钻不出来,急得"呜呜"直哭。哭声惊动了在一旁松土的蚯蚓。

"小豆,你怎么啦?"蚯蚓爬过来,关切地问。

"我伸不出头去,土壤太硬!"圆圆一边哭,一边说。

"别着急。"蚯蚓说,"我来帮你。"

蚯蚓说着就蠕动着身体钻了过来。不一会儿,土松软了。圆圆伸伸头,不怎么吃力了。

"太谢谢你了,蚯蚓兄弟!"圆圆高兴地说。

"没什么。我们做好朋友吧,有困难了就来找我。"

一天早上,当圆圆醒来时,突然感到眼前亮堂堂的。仔细一瞧,原来,自己已经钻出地面了。

"我看到了太阳公公和小鸟,还有小草、小花和大树!"圆圆兴奋地叫起来。"小草们也兴奋得拍手欢呼。

八、小豆做了一个好梦

那天晚上,圆圆因为太兴奋,很晚才睡着,她还做了一个很美的梦呢。

在梦里,圆圆已经长大了,像小树一般高,结着许许多多豆荚,豆荚里都是胖胖的小

圆豆……

在梦里，小豆笑呀笑，笑得像一朵美丽的花……

知识链接

豆类及豆制品的蛋白质含量很高，一般在20~40%之间。其中，大豆的蛋白质含量最高。

梧桐籽的"羽壳"

谢金良

梧桐树妈妈结出了小籽粒,这是她的果实,她给每颗小籽粒装了一片"羽壳"。

小籽粒觉得别扭,抱怨说:"妈妈,这片壳多难看呀!你看,冬青籽、楝树果身上都没有壳,我也不要这片壳。"

梧桐树妈妈拍了拍小籽粒,说:"孩子,这片壳可以为你挡风遮雨,等你成熟了要离开妈妈时,它会帮助你随着风伯伯飞起来,带你去寻找适合生长的地方。"

小籽粒听了,噘着嘴,不高兴地说:"妈妈,我不是小鸟,用不着飞到天空中去,更用不着'羽壳'。"

梧桐树妈妈耐心地劝道:"孩子,这'羽壳'不是装饰品,而是我们梧桐果的分果,是妈妈特地为你设计的'保护器'……"

秋天,梧桐籽成熟了。微风一吹,小籽粒背上的"羽壳"抖动起来,带着小籽粒一起从树上飘落。

小籽粒惊慌地喊:"妈妈!不好了……"

梧桐树妈妈听见了,安慰他说:"孩子,放心吧!有'羽壳'保护你,快跟风伯伯去找个地方生根、发芽吧。"

小籽粒在空中飞啊飞,一股强风刮来,他被吹落到河里。看见一同落水的楝树果、冬青籽都沉到了水底。小籽粒吓得浑身发抖。没想到,翘起的"羽壳"像小船一样,载着小籽粒在水面漂浮。

第二天，小籽粒被冲到了河滩上。太阳暖暖地照着，把小籽粒和"羽壳"晒干了。风伯伯又带着小籽粒飞起来，小籽粒飞呀飞呀，经过山坡时飘落下来，跟"羽壳"一起睡在泥土里。

第二年春天，小籽粒发芽了，长成一株梧桐苗，看见一直护卫着他的"羽壳"已经腐烂。小籽粒明白了：妈妈把爱都凝聚在"羽壳"里了。

知识链接

植物果实外壳的形状跟它们生长的环境和繁衍后代的方式有着密切关系。例如蒲公英种子上有绒球似的小伞，能随风飘到各地生长；海边椰子树果实的外壳坚硬，成熟后掉进海里，能随着潮水涌上滩涂，在那里繁殖。

叶儿离开树妈妈

张涤非

秋天来了,梧桐叶渐渐泛黄了。他们担心极了,连忙问梧桐树妈妈:"妈妈,我们的脸色这样难看,我们生病了吗?"

梧桐树妈妈温柔地看着自己的娃娃,笑着说:"傻孩子,你们没有生病,秋天来了,你们就会这样。"

"为什么呀?"梧桐叶不明白。

"树叶里不仅含有叶绿素,还含有黄色的叶黄素。夏季,光照强,水分足,叶绿素浓,所以叶色浓绿;秋天,光照变弱,叶绿素不活跃,叶黄素却增强了,所以叶色变黄了。这是自然规律,别担心。"梧桐树妈妈解释。

梧桐叶不住地点头，放心了。

天气越来越冷。一天，梧桐树妈妈突然对梧桐叶说："孩子们，寒冷的冬天即将来临，你们也该离开妈妈，投进土壤的怀里了。"

"不！我们不离开妈妈，我们要和您一起对抗风雪！"梧桐叶直摇头。

"孩子们，别傻了！你们不可能永远守着妈妈的。因为天气一冷，土壤里的水分少了，水分和养料的供应也不能满足你们和树枝的需要。你们现在落下，春天一到，千万片绿叶又会长出来的。妈妈也舍不得你们，可是……"梧桐树妈妈很难过。

梧桐叶没有再说什么，纷纷随风飘落。

寒风吹来，空中翻飞着无数片蝴蝶般的落叶，这是秋天最美的图画。

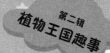

知识链接

落叶植物与常绿植物相对,它在一年中的一段时间内叶子完全脱落,枝干变得光秃秃的。落叶同季节及气候有关。

不想长叶儿的树

楼建国

有不想长叶儿的树吗?当然有啦,不信你瞧,这儿就有一棵——

这是一棵长满绿叶儿的小白杨。别看她美得出众,可她很娇气。小鸟来了,他们兴奋得大叫:"这棵树叶儿真多,是我们做游戏最好的地方!"小白杨一听,打心里不高兴,高声说:"叫什么!烦死了!"还把枝条挥动得咔咔响,把小鸟吓得飞走了。

"有叶儿真烦!"小白杨自言自语。

不一会儿,一只知了飞来了。"这可是个好地方。"知了说完,便"知——了,知——了"地叫起来。

"烦死我啦！"小白杨烦躁得浑身抖动，用枝条敲着知了的背。知了被吓得飞得无影无踪。

"当初不长叶儿该多好！"小白杨自言自语。

小白杨的怒气还没有消，又来了一群娃娃。

"这儿有树荫，我们就在这儿玩吧。"领头的大娃娃建议。于是，大家一块儿唱起"小树小树快长大"的歌。

轻快的歌声不仅没有给小白杨带来快乐，还让她更加烦躁不安。她一边抖动叶儿，一边大叫："我不要叶儿！我不要叶儿！"

叫喊一阵后，小白杨困了，渐渐地进入了梦乡……

在梦里，小白杨真的变成一棵没有叶儿

的光秃秃的小树。她感到格外轻松,兴奋地舞动着枝条。

忽然,小白杨觉得浑身乏力,天旋地转,胸闷难忍。这是怎么了?原来,因为没了叶儿,她无法呼吸,树根吸收的水分也无法蒸发。小白杨急得大叫:"救命!救命!"

叫声惊动了她身边的榆树,榆树连忙把她从梦中叫醒。

"我需要叶儿!我不能没有叶儿!"小白杨这才真正体会到叶子的重要。

知识链接

白杨树是高大的落叶树,树皮呈灰白色,生存能力极强。

该吃哪部分

钱 欣

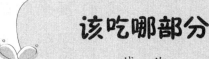

兔妈妈领着小白兔走在菜地里。看见一片葱绿的芹菜,小白兔兴奋地拉着妈妈的手说:"妈妈,芹菜叶多鲜嫩,我们去吃吧!"

兔妈妈听了,笑笑说:"傻孩子,我们应该吃芹菜的嫩茎和叶柄。"

走着走着,她们来到了番茄地。小白兔看着满地的番茄苗,兴奋得又蹦又跳,说:"妈妈,我们采些番茄苗的嫩茎和叶柄回去吧!"

兔妈妈不禁笑了:"傻孩子,番茄苗的嫩茎和叶柄都不好吃,好吃的是它的果实——番茄。"

小白兔不好意思地点了点头。走过番茄地,她们来到了白菜地,小白兔更高兴了,说:

"妈妈,等白菜结出果实,我们再来吃吧!"

兔妈妈听了,大笑说:"白菜老了就会结籽,但那时就不好吃了。现在的白菜最鲜嫩,它的叶子可好吃了。"

妈妈的话让小白兔羞红了脸。走过白菜地,她们来到了萝卜地。萝卜叶绿得可爱,小白兔见了,抬头看看妈妈,说:"妈妈,萝卜叶一定很好吃吧?"

兔妈妈摇摇头,说:"萝卜最好吃的部分不是叶,而是根。他的根生吃、熟吃都不错。"

小白兔听了点点头,心想:"原来,不同的菜,最好吃的部分不一样呢。"

知识链接

番茄的别名叫"西红柿""洋柿子"。夏、秋季开花、结果。番茄喜温、喜光,对土壤条件的要求不太高。

小草的生命力

姚敏淑

小草和大树一样,都是大自然的好孩子。

你瞧,漫山遍野都是小草,她们把大地打扮得多么美丽!孩子们在草地上唱歌、跳舞、放风筝;老人们在草地上散步。而小草们摇着头,拍着手,有的还乐得开了花。

大风、寒霜和冬雪看着小草们快乐的样儿,很不高兴,因为他们觉得自己才是最了不起的,小草算什么!于是,他们聚集到一起,商量着要除掉小草。

大风说:"我先去吧,让她们知道我的厉害!我要连根拔掉她们!"

大风呼呼地吹,树叶被吹落了,黄沙被吹

得满天飞。但小草们一点也不惧怕,她们把根牢牢地扎在地下,手拉着手。风怎么也伤害不了她们,只得灰溜溜地逃走了。

见风丝毫没能伤害小草,寒霜大吼着冲了上去,恶狠狠地说:"这回我要把这些丑陋的东西全冻死!"

寒霜使出全身力气施放冷气,大地似乎在微微抖动,野花被冻谢了,小动物们也冷得不敢出门。

小草们顽强地抵抗,但还是发黄了。可是,她们没有死,她们把根牢牢扎进大地,手拉着手对抗寒霜。寒霜使完了所有招数,最后也只得逃走。

大风和寒霜没能将小草除掉,冬雪大发雷霆,咆哮着:"可恶的小草,快快投降吧!

我要把你们统统压死、冻死！"

冬雪大片大片地落下，散发着刺骨的冷气。

大地沉默了，只能听到雪的怒吼。小草们高昂着头，把根扎得牢牢的，手拉手对抗着冬雪。但她们渐渐地枯萎了。

冬雪狂笑着，说："小草被我统统消灭了！地球上再也不会有小草了！我才是最伟大的！"

可是，小草们并没有死。

瞧，春姑娘来了，她带来温暖的阳光和柔和的风。冬雪吓得逃之夭夭。小草们又悄悄地从土里钻了出来，嫩嫩的，绿绿的，摇着脑袋，拍着手，和以前一样快乐，一样美丽。

小动物们出来了，孩子们出来了，他们来到草地上，跳着，笑着，说："春来了，草绿了，大自然多么美丽！"

知识链接

风、霜、雪的成因是什么呢？空气流动形成风；霜是近地面气温下降造成的；雪是空气在上升过程中遇到降温，其中所含的水汽凝结形成的。

三棵小树苗

何宇清

秋天来了,裂着口的松塔儿挂在枝头,像个小小的铜钟,里面装满了成熟的松子。

精明的灰喜鹊看见了松塔,第一个飞到枝头,兴奋得在树枝间欢呼跳跃,一会"喳喳"地叫,一会"嚓嚓"地啄着松塔。

响声惊动了树洞里的小松鼠。机灵的小松鼠迅速爬上树,抱起松塔吃起来。

灰喜鹊看着小松鼠,满肚子不高兴,心想:"我得叼走几个大松塔,藏起来,要不会被这家伙吃光的。"想到这,灰喜鹊就衔起一个最大的松塔,飞向山坡,把它放进一个土洞里。

松鼠趁着喜鹊飞走的空儿,往自己的树

洞里运了一个又一个松塔,还特地挑选了一个大的,放进树下的石缝里。

"这下我可有吃的了!"松鼠美美地想。

就在松鼠运最后一个松塔时,一只小老鼠溜进了松鼠家。他发现松鼠不在家,立即抓起一个大松塔,扔了下去。然后小老鼠以最快的速度爬下树,可怎么也找不到他扔下的松塔了。

原来,松塔滚进了一个小土洞里。

不久,寒冷的冬天来了。灰喜鹊、小松鼠和小老鼠找不到吃的,他们又想起松塔来。灰喜鹊找了一上午也没有找到自己藏在土洞里的松塔;小松鼠找了一下午,也没发现自己藏在石缝里的松塔;可怜的小老鼠转了一整天,也没有找回那个丢失的松塔。他们都失望地回家了。

日子一天天过去,终于,温暖的春风吹来了,美丽的春姑娘来到人间。一场春雨过后,山坡上长出一棵小树苗——那是灰喜鹊藏的松塔长出来的;石缝里钻出一个绿色的小生命——那是小松鼠藏的松塔长成的;土洞里冒出一棵绿苗——那是小老鼠丢失的松塔长成的。

植物王国里又多了三个生命。可是,灰喜鹊、小松鼠和小老鼠都不知道他们的来历。

知识链接

松塔是一种松树的果实,因为形状像宝塔所以被称为"松塔"。松塔一层一层的,里面还有种子,种子很好吃,叫作"松子"。

第三辑
大自然寻秘

大自然是个大宝库，

我们要认识自然，利用好自然。

大自然的故事讲不完，故事里的知识说不尽。

谁赶走了野兔？天空为什么下起了黄雨？奇妙的红雪是什么？小树林为什么消失？……

投进大自然的怀抱，你会有更多不一样的发现。

公正的松树爷爷

曾 红

要问大森林里谁最公正,小动物们都会说:"松树爷爷!"

一天,一只蜘蛛来找松树爷爷:"敬爱的松树爷爷,您能答应我一个要求吗?"

"可以,当然可以。你说吧。"松树爷爷笑着回答。

"我想在您的树杈间织一张大网,来捕捉害虫。"蜘蛛说。

"这是好事啊,你可以在我任何一处树枝间织网。"松树爷爷高兴地答应了。

蜘蛛就在松枝间织了一张又大又漂亮的网。

过了几天,一只蚊子来找松树爷爷:"尊敬的松树爷爷,您能答应我一个要求吗?"

"当然可以啦。"松松爷爷点点头。

"我们蚊子每次外出找吃的,都得冒着生命危险。假如我不用外出找食,肚子也不饿,那该多好!"蚊子可怜兮兮地请求道。

"这不难办。"松树爷爷说,"只要你再向上飞一点就可以了。"

蚊子很高兴,拍动翅膀"嗡嗡"地往上飞,一不小心,撞上了蜘蛛织的网,成了蜘蛛的美餐。

"他再也不用找吃的了。"松树爷爷自言自语。

没几天,一只苍蝇来找松树爷爷:"我最尊敬的松树爷爷,您能满足我一个要求吗?"

"完全可以。"松树爷爷点头答应。

"您知道,我们苍蝇的名声一向不好,大家都诅咒我们不得好死、遗臭万年。这些话真叫我们伤心!如果我死后不会腐烂,那该多好啊!"苍蝇一边诉说,一边流泪。

也许他的话感动了松树爷爷,松树爷爷也流泪了。"吧嗒"一声,一滴透亮的泪珠滴落在苍蝇身上,苍蝇一动也不能动了。

"松树爷爷,您这是……"苍蝇慌张地问。

"我是按你的要求办的。"松树爷爷解释道,"我的'眼泪'就是我的松脂。松脂包裹着你,外面的灰尘、细菌都进不去,即使经过千万年,你也不会腐烂的。"

可不是吗,如果你看到琥珀里的苍蝇,一定会想起松树爷爷的话。

知识链接

琥珀是树脂被掩埋在地下后,经过很长时间的地质作用,失去挥发成分,聚合、固化而形成的,常含有昆虫、种子等物体。

谁赶走了野兔

龙 吟

美国阿拉斯加州的原始森林中有许多小动物，它们终日捕食、嬉戏，玩得非常开心。

可是从1970年开始，森林发生了很大的变化：野兔的数量突然增加了许多。也许是这里的环境太适合野兔生活了，森林中到处都是野兔的身影。它们仿佛成了森林的主人，尽情地享用森林中的幼苗，生活得无忧无虑。

大量的野兔也许对别的动物没有什么影响，但对森林中的植物来说简直是灾难。野兔们整天啃食森林中植物的幼苗和嫩芽，对植物的再生构成极大的威胁。森林中的老树不

断枯死,新苗却怎么也长不起来。眼看着森林的"成员"越来越少了。

就在森林中的植物不断减少时,一件奇怪的事情发生了:许多野兔突然闹起了肚子,而且不能进食,只要进食就会拉个不止。没几天,不少兔子倒地而死。其他兔子见此情形,也不敢待下去了,只得逃出森林,去别处"谋生"了。

森林中的植物又活跃起来,幼苗不断长出来,为森林增添了生机。

为什么野兔在那么短的时间里或死或逃呢?

是谁赶走了野兔?人们进行了认真的研究。可研究的结果更让人吃惊:野兔是被一种叫作"萜烯"的物质毒死的。在野兔咬过的树中,都可以发现这种物质的存在。

难道是植物为了保护自己而释放了这种物

质?植物真有这样的本领吗?显然进一步的研究还有待进行。

知识链接

萜烯是树脂以及从树脂得来的松节油的主要成分,可以从许多植物特别是针叶树中得到它。

会灭鼠的丁香

陆建军

这是发生在墨西哥和洪都拉斯的事。

收获的季节快到了,可庄稼的天敌——老鼠成群结队地来了,它们肆无忌惮地啃咬着庄稼,四处乱窜,好不得意!庄稼地简直成了它们的乐园。

农民们眼看着自己辛苦耕种的庄稼遭受鼠害,心中十分着急。他们决定联合起来,进行一场灭鼠大战。

用什么来灭鼠呢?用鼠药吗?不是。这里的农民自有办法,他们要用一种独特的东西来消灭害鼠。这种东西便是"丁香"。

丁香是什么?它是一种豆科植物,在洪

都拉斯和墨西哥到处可见。

农民们采来丁香皮和丁香叶子,将它们研碎、煮沸,拌上小麦之类的谷物,抛撒到田野里,老鼠们吃了这些诱饵,很快便会毙命。老鼠对丁香的味道很感兴趣,因而很容易上当。

不久田野又恢复了平静,老鼠不再横行。

丁香为什么会有这么奇特的作用呢?原来,它的叶子中含有香豆素,香豆素经发酵便会变成一种抗血凝剂,使老鼠肝脏分泌物大为减少,进而使其体内出血,直到死去。

丁香能制成效果很好的"灭鼠剂",对人和家禽、家畜没有害。

可见,植物的作用很多。如果我们仔细研究,就会有许多发现。

知识链接

丁香是一种落叶灌木或小乔木,因其花筒像钉子一样又细又长而得名。丁香的花序大,花色淡,气味芳香,能提取香精。

天上下·黄雨

金 国

1976年的八九月间,江苏省北部的好几个地方发生了一件怪事:天上下起了黄色的雨,黄雨像糨糊一般落在树上、房子上、地上……人们惊讶极了,一边看,一边议论:

"天上怎么会下黄雨呢?"

"会不会是什么不祥之兆?"

"是不是要地震了?"

人们想起不久前发生在河北唐山的大地震。那次地震夺去了数十万人的生命。

事情越说越奇,越传越玄,人们惶恐不安。

这事同样惊动了科研工作者。南京地质

大队派人进行调查研究,南京大学地质系也进行了采样分析。后来,科研工作者得出了一个不可思议的结论:黄雨并不神秘,更不是什么地震的预兆,它只是蜜蜂的粪便而已。

这一结论在不少人看来是奇谈怪论,但事实毕竟是事实。科研人员分析,黄雨是蜜蜂采集的花粉没有消化的部分被排到空中而形成的。

当时正值椰榆树和禾木科、菊科的一些植物开花,蜜蜂采集了这些植物的花粉后,将一部分消化了,因细胞壁坚硬等原因而没有被消化的部分,随粪便排出。

科研人员的鉴定结果显示:"黄雨"的主要成分便是榆属花粉、禾木科花粉、菊科花粉,它们分别占83%、11.8%、3%。除此之外,黄雨中还有其他一些成分,如水生植物的花粉。黄雨中的花粉都是蜜蜂所喜爱的,而且这些花都是在这一时间段开放的。

黄雨得到了科学的解释,人们心中的疑团也解开了。

知识链接

1976年7月28日,在我国河北省唐山、丰南一带,发生了强度为里氏7.8级的大地震,造成严重的人员伤亡。

奇妙的红雪

东 华

人们常说"白雪皑皑""洁白如雪",说雪是白色的,谁也不会觉得奇怪。可偏偏就有人见过红色的雪。

这是很久以前发生在格陵兰岛上的一件奇事。

一天,一艘大轮船经过格陵兰岛。船员们在海上航行了许多天,驶近陆地,大家格外兴奋,都来到甲板上,看着不远处的大地。陆地上积雪很厚,看得出,这里下了许多天的雪。

大家在甲板上指指点点,欣赏着陆地上的银装素裹。突然,有人喊了起来:"快看,那里的雪是红色的!"

这一声喊，让所有人的目光都投向一片开阔地。啊！真的有一片红雪！这片红雪在周围白雪的烘托下，格外醒目。人们都惊讶地叫起来："奇了！真是一大怪事！"

这事惊动了船长，船长决定上岸看个究竟。

船向岸边靠去。人们议论纷纷：

"会不会是发生了战争，鲜血将雪染红了？"

"会不会是什么染料染出来的？"

船靠岸后，几个胆大的年轻人上了岸。他们在雪地上四处查看，可什么也没有发现。

船长决定对"红雪"进行化验分析。不多时，结果出来了。原来这里的雪与别处的雪没什么不同，可为什么是红色的呢？那是因为有些植物在"作怪"。这些小得连肉眼都看不清的

植物叫作"雪生衣藻"和"雪上黏球藻"。这些植物虽然小,但耐寒能力很强,在寒冷的环境里,它们照样能快速繁殖。由于它们通体红色,所以覆盖其上的白雪也呈现出红色。红雪便是这么来的。

自然界中有许多有趣的现象,我们应该寻找现象背后的原因,并深入研究,这其中大有学问。

知识链接

格陵兰岛是世界上最大的岛,位于北美洲东北、北冰洋和大西洋之间,面积达两百多万平方千米。

用不同的眼睛看

[苏联]尼·巴甫洛娃

冬季的一个早晨,小黄雀用枫树籽和枫树芽填饱了肚皮后,想找点消遣,就在枫树的秃枝间爬上爬下。

从旁边一棵树上飞下来的一只乌鸦,又向天空飞去。

突然,一只鹰自天而降,一抓,就把乌鸦抓住了,然后飞到枫树上去吃起来。

小黄雀等鹰吃饱了,就飞到旁边的树枝上,仔细地端详他。小黄雀不怕猛禽,因为鹰不碰太小的鸟。

鹰的脑袋是平的,蓝色的尖嘴像钩子,黑黑的两颊,黑黑的两只大眼睛。

"你干吗盯着我?"他问小黄雀,"你是在羡慕我的力量和锐利的眼睛吧?这样的眼睛是值得羡慕的!乌鸦从树上飞起的时候,我正在那棵云杉的上空。我是从那儿看见他的!"

"我才不羡慕你呢!"小黄雀说,"我对我自己的眼睛也很满意。"

"那是因为你不会高飞,"鹰反驳他说,"我有高飞的习惯:每年春天,我都要飞到云端去。我从那儿可以看见森林、田地、江河、湖沼和人类的村庄。全世界都在我的身下。"

"可是,你能看见咱们森林里,有一棵树现在有小叶子和芽吗?"小黄雀问道。

"没注意。"鹰回答。

"不对,你根本没看见,你也看不见。"小

黄雀逗他。

"怎么会看不见？"鹰气愤地说完，就飞上了天空。但是他在森林上空转了半天，也没看见小叶子和芽，就回来了。

"小黄雀，你骗我！"鹰嚷道，"森林里连个小绿点也没有，别说什么叶子和芽了！"

"你说得不对，"小黄雀回答，"所有的树林冬天都有小叶子；所有的树木除了椴树以外，冬天都有芽。你看！"

小黄雀跳到一个粗粗的枫树芽跟前，剥掉一层鳞片，又剥掉一层鳞片。等最后一层鳞片剥下来时，鹰就看见一对皱起来的小嫩叶。两片小嫩叶中间，有个很小很小的芽。

"真有趣！"鹰说。

"周围的一切都是有趣的，"小黄雀回答，

"所以,尽管我不会高飞到云端,可是我一点也不觉得懊恼呢!"

知识链接

鹰的眼睛明亮,目光锐利,它飞到高空,能看到很远的地方。鹰以体型较大的飞鸟或兔子等小动物为食。

第四辑
生活与科技探奇

瓶子中的小老鼠能生存吗？兔子是怎么脱险的？小熊的百货店里卖些什么？……

一个个问题让你去思考，吸引你去阅读，也引领你去探索、发现。

阅读和探奇是个愉快的旅程，因为这里的故事个个精彩，这里的故事有趣有味。

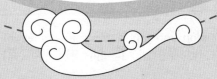

兔子脱险记

[美国] 哈利斯

一天,兔子、狐狸、浣熊与白熊在一起整理一块地,他们打算在这块地里种上玉米。火辣辣的太阳当头照着。干了一会儿,兔子累了。可他不敢停下来,怕狐狸叫他懒骨头。所以他继续干着,把垃圾运走,把树枝堆成一堆。干着干着,他高声叫了起来,说手上扎了一根刺,要找阴凉的地方休息。他来到一口水井前,看到井架上吊着两只水桶,一只在上,一只在下。

"这儿看上去很凉快,"兔子自言自语,"我正要找这样一个凉快的地方,我想我可以爬到里面去睡一会。"

说着,他便跳进了桶里。谁知兔子刚钻进

去，水桶便往井底落去，而另一只水桶却露出井面，高挂在井架上。这下兔子可慌了神，但又不知道如何是好。

很快，他坐的那只水桶碰到了水面。兔子坐在桶里一动也不敢动，因为他不知道接下来会发生什么事。他在水桶里坐了一会，身子不由得颤抖起来。

兔子的一举一动狐狸随时都会注意。当兔子借故从地里溜走时，狐狸就一直悄悄地跟在他后面，他知道兔子又在想鬼主意了。

狐狸看着兔子来到井边，看着兔子跃进了水桶，消失了身影。狐狸看到这一切，吃惊地张开了大嘴。他在灌木丛里坐下来，想啊想，可是他无论如何也想不出来这究竟是怎么回事。

"这可把我难住了，兔子一定是把钱藏到了井

底;要不,就是他在井底发现了一个金矿;如果这还不是,那我可要下去探个究竟了。"

狐狸朝前走了几步,卧在地上听了听,他没听到任何声音,又朝前走了几步,把耳朵贴在地上听了听,依然没有听到任何声音。又过了一会,他站了起来,朝井里窥探了一下,他没有看见什么,也没有听到什么。

这时,兔子蜷缩在水桶里害怕极了,不敢动一下身体,生怕打翻水桶掉到水里。他只有坐在水桶里不停地祈祷。

"嘿,兔老弟,你在井里干什么呀?"狐狸趴在井边对着下面叫道。

"你在问谁?问我吗?噢,我正在钓鱼,狐狸老兄。"兔子坐在水桶里装模作样地说,"我想在吃晚饭的时候一下拿出好多鱼,让你

们大吃一惊,这儿的鱼多极了。"

"井里真有那么多鱼吗,兔老弟?"狐狸接着问。"多极了,狐狸老兄。唉,太多了,简直抓也抓不过来,他们在水里活蹦乱跳的。快,快下来帮帮我,狐狸老兄。"兔子大声说道。

"可我怎么下去呢,兔老弟?"

"很容易,只要你跳进井架上的那只水桶,就能下来。既安全又舒服,快下来吧!"

听了兔子的话,狐狸立刻跳到水桶里。当狐狸朝井底落下去时,坐在另一只水桶里的兔子则从井下升了上来。当两只水桶在半路相遇时,兔子对狐狸招招手说:"再见,狐狸老兄,小心你的衣服,不要被井水弄湿了。"

知识链接

滑轮有两种：一是定滑轮,即使用滑轮时,轴的位置固定不动。他不省力,但能改变力的方向。二是动滑轮,即轴的位置随被拉动的物体一起运动。他不能改变力的方向,但能省力。

瓶子中的小老鼠

姚敏淑

看不见,摸不着,

闻一闻,没味道。

你说它重要不重要,

我们大家都少不了。

这是大老鼠给小老鼠出的谜语。不用说,聪明的小朋友们一定猜出谜底了,对,是"空气"。

可是小老鼠猜不出,大老鼠只好把答案告诉了他。但小老鼠不相信,说:"既然是看不见摸不着的,那一定就不存在,世界上根本没有空气!"

"当然存在!"大老鼠说,"不信,你捏住自

己的鼻子。"

小老鼠捏住鼻子,不一会儿,就把手松开来,他喘着气说:"我实在憋不住了。"

大老鼠说:"这就是因为你缺乏空气呀。"

可是小老鼠仍然不服输,说:"这不能证明空气的存在,这只能证明我鼻子和嘴巴的作用。"

为了让小老鼠了解空气,大老鼠想了一个好办法:他拿来一个空瓶子,让小老鼠钻进去,然后在里面点燃蜡烛,盖上瓶盖。而他自己则钻进了另一个空瓶里,瓶子没有盖盖子。他要和不认输的小老鼠比一比,看看谁在瓶子里待的时间长。

好胜的小老鼠答应了。

小老鼠躺在瓶里,开始很舒服,蜡烛照着

四周的玻璃,小老鼠像是躺在水晶宫里一样。过了一会,他突然感到胸闷,头也开始发晕。又过了一会,小老鼠感到呼吸困难,实在受不了,连忙顶开瓶盖,钻了出来。

大老鼠躺在开口的瓶子里,笑着说:"瞧,我多舒服,因为我的瓶子里有充足的空气。"

接着,他又认真地对小老鼠说:"你待的瓶子被盖上了盖子,外面的空气进不去,瓶里面又点上了蜡烛。而蜡烛燃烧需要消耗空气中的氧气,我们的呼吸也需要氧气,氧气越来越少,你会呼吸困难、胸闷、头晕,所以你待不住了。"

小老鼠这才明白,大声说:"我知道了,我们的周围充满空气。"

知识链接

氧气的作用很多,比如在炼钢过程中可以帮助提高钢材质量;生产合成氨时,可以强化工艺过程,提高化肥产量。

小猪咬铅笔

李玲玲

小猪正在为一道数学题伤脑筋。他一边思考,一边咬铅笔头。

小羊看到了,一把夺下他的铅笔,说:"这种习惯多不好,咬长了会铅中毒的!"

小猪吓了一跳,半天才反应过来,问:"什么铅中毒呀?"

"你问得好,我正要解释呢。"小羊说,"铅是一种金属。它一旦侵入人体会损害人的神经系统、消化系统、造血系统和肾脏,严重的会导致肠绞痛、贫血和肌肉瘫痪等病症,甚至死亡。"

小猪站起身,说:"你弄错了,铅笔芯并

不是铅做的,你知道吗?"

"我知道铅笔的笔芯是用石墨和黏土按一定比例混合制成的,主要成分是石墨。"小羊说,"虽然铅笔芯不是铅做的,但涂在铅笔外层的彩色漆料中含有铅。有些人在做作业或绘画时,常常不自觉地咬铅笔,使漆料中的铅通过口腔进入体内。久而久之,就会铅中毒。"

"是这样啊。"小猪似乎明白了,"这么说,我咬书也比咬铅笔好啊。"

"那也不行。"小羊说得很认真,"许多印刷品的铅含量都较多,特别是彩印纸和彩色印刷品,是含铅多的物品。有些人喜欢用一些印刷纸包东西吃,这样会食入较多的铅。"

"啊?"小猪瞪大了眼睛,说,"家里有哪些

地方含铅呀?"

"地板、油漆和涂料中都含铅,彩色积木等玩具也含铅。"小羊说。

停了停,小羊接着说:"还要防止食物引起的铅中毒。食物中的铅有的是环境污染产生的;有的是因为在加工过程中吸收了大量的铅,如爆米花和松花蛋等;铅封的罐装食品内也含铅。"

"我听说汽车尾气中也含有铅。"小猪对铅有所了解。

"你说对了,这就是环境中的铅污染。"小羊说,"汽车尾气中含有大量铅微粒。"

"那怎么办?"小猪很担心。

小羊说:"要防止铅中毒,我们就不要在公路边玩耍,不吃路边摊上长时间暴露在

空气中的食品;不舔咬铅笔、电池等含铅制品;在房间内使用杀虫剂后,不仅要打开门窗通风,还至少要过24小时,才能接触被施药的物品;平时多去海滨、溪畔、森林、草地游玩,呼吸大自然的新鲜空气;适当多吃些鱼、肉、禽、蛋等食物,可以促进铅的排泄。"

"好啊,我现在就去树林里散步,晚上回来多吃几个鸡蛋。"小猪说着就要往外走。

"咬一次铅笔头,还没那么严重!"小猪认真的表情乐得小羊哈哈大笑。

知识链接

呼吸道吸入铅和它的粉尘,会迅速将其带入血液,对人体产生伤害,甚至引发中毒。

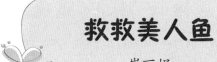

救救美人鱼

崔丽娟

在很远很远的地方有一座高高的山,高高的山上有一口深深的井,深深的井边长着一棵高大的树,高大的树上长着密密的叶子。井被叶子挡着,一丝阳光也照不进去。

在这阴森森的井里,住着一条既漂亮又善良的美人鱼。她孤零零地待在冷冰冰的水中,整天除了哭泣之外,就只能听"叮咚叮咚"的滴水声。

有一天,一只小鸟停在井边的树上。美人鱼见了,急忙大叫:"小鸟,美丽的小鸟,快救救我吧!"

叫声吓了小鸟一大跳,她向四周看了看,

什么也没看见。小鸟不禁惊奇地问:"谁在喊我?你在哪儿?"

"我是美人鱼,就在你下面的井里。救救我吧!"

"美人鱼,你怎么在这里?"小鸟不解地问。

"我原先住在东方的大海里,是条能变化飞翔的美人鱼。凶恶的水魔王十分嫉妒我。一天,他骗我说这口井里掉进了一只兔子,快淹死了。于是,我赶紧化作一片彩云飘进井里,准备救兔子,可井里根本没有兔子,而我却再也出不去了,因为我只有见到阳光才能变化。"

听了美人鱼的哭诉,小鸟心里十分难过,她决心救出美人鱼。可是怎么救呢?密密的树叶遮住了阳光。要是能砍掉井边的树就好了,但是小鸟没有那么大力气。小鸟想啊想,突然想出了好主意。

"我有办法了,我啄落树叶,阳光就能照到井里了!"她兴奋得大叫。

于是,小鸟开始工作。她使劲地啄,啄得树叶"沙沙"响。可是,奇怪的是,树叶落下来后不久,树上很快又长出新叶来,和原先一样茂密。

原来,这是一棵神奇的树。

小鸟见这个办法不行,只得重新想办法。

"我还是下山去吧,请老爷爷来砍倒这棵树。"她想。

于是,小鸟飞下山,来到老爷爷的门前,使劲叫。老爷爷开门看见了小鸟,可是他听不懂小鸟在说什么,以为它是要吃的,就随手撒了一把谷子,又关上了门。小鸟哪有心思吃谷子,仍然"喳喳"大叫。可是,老爷爷却不再出来了。小鸟失望地往井边飞。

没飞多远,小鸟看见一群玩"照镜子"游戏的孩子,镜子反射的阳光刺得小鸟睁不开眼睛。小鸟突然想到:"我可以利用镜子把阳光反射进井里。"

想到这,小鸟迅速俯冲下去,衔起孩子们丢在地上的一面镜子,急匆匆地飞向大山。

小鸟来到井边,把镜子放在地上,用小树枝支撑着。可是,阳光只能照到井边。怎么办?小鸟又想起了孩子们的游戏:用两面镜子可以两次反射阳光。

小鸟急忙飞向孩子们做游戏的地方,衔来一面小圆镜。

小鸟把这面镜子放到井边,也用小棒支着,另一面镜子反射的阳光恰好能照在

这面镜子上,这面镜子又把阳光反射到井里,井里出现了光亮。美人鱼兴奋地游到亮光处,变成一朵美丽的云彩,飘了出来。

美人鱼得救了!

美丽的云彩托起小鸟,飞向东方的大海。

原来是美人鱼邀请小鸟到大海边去游玩呢。

知识链接

光的反射是指光在传播到不同物体上时,在分界面上改变了传播的方向,然后又返回来的现象。

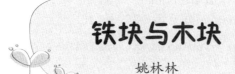

铁块与木块

姚林林

铁块和木块躺在一起,比谁的本领大。

铁块看着瘦弱的木块,骄傲地说:"世界上本领最大的就是我们铁块了。你瞧,机器是我们制成的,铁桥是我们造出的,高楼大厦少不了我们,车辆离不开我们,就连做饭也缺不了我们。我们的用处可是数也数不完。"

听了铁块的话,木块不服气,说:"你们铁块的本领是不小,可我们木块的作用也很大呀。桌子、椅子是用我们做的,小木桥是用我们造的,楼房少不了我们,造船离不开我们。"

"不管怎么说还是我们铁块的本领大。"铁块仍然瞧不起木块,"不信,我们比一比。"

"行啊,比什么呢?"木块毫不示弱。

"先比力气。"铁块建议。

木块答应了。于是,他们开始压翘翘板。铁块没费多大力气,就把木块高高地压了起来。

"只比力气算不了什么。"木块不服气。

"那就比谁更坚硬吧。"铁块傲慢地说。

木块也答应了。于是,他们开始从高处往下跳。铁块毫不犹豫地跳了下去,一点事没有,可木块跳下去却痛得大叫。铁块见了,哈哈大笑,说:"怎么样,还是我们铁块的本领大吧!"

"这也算不了什么!"木块眨眨眼睛慢吞吞地说,"咱们来比一比游泳吧!"

"比就比!我铁块样样都会,无论比什么,我都比你木块强。"铁块扬扬得意地说。

木块点点头。于是,他们开始游泳了。木块

漂呀漂,不一会儿便过了河。轮到铁块了,他看了一眼木块,胸有成竹地跳下河。只听"扑通"一声响,铁块不见了,水面上只留下一圈圈的水波纹。

木块叹了一口气,说:"这都是自以为是、骄傲自大的结果。其实每个人都有自己的长处和短处,怎么能自以为样样都行呢?"

知识链接

相同体积的铁块与水相比,铁块重,所以铁块会沉入水中;相同体积的木块与水相比,木块轻,所以木块会浮在水面上。

小熊的百货商店

梅国英

在森林旁,小熊开了一家百货店。

这家百货店很独特,它能把你不要的东西变成有用的东西。

废物也能变成宝贝吗?小动物们当然不相信。但大家都很好奇,纷纷去看。

小熊笑着说:"你们要是不信,可以试一下呀,反正都是废物,送到我的百货店就行啦,我能把它变成有用的东西交给你。"

有这么奇特?小动物们将信将疑,但都回去收集废品了。

小猪有个坏习惯——吃完西瓜就把瓜皮胡乱扔,上次还差点把狐狸阿姨滑倒。现在他不

会了,他把瓜皮送到小熊的百货店去。小熊很会"变",一小会,他就交给小猪几艘漂亮的瓜皮小船,上面还插着帆呢!小猪高兴坏了,连声道谢,去找伙伴们玩了。

小狐狸不再扔饮料瓶了,他把它们收集起来,送到小熊的百货店。小熊把它们做成一长串花瓶,里面还放上了鲜花。

小狗舍不得丢掉肉骨头了,他把它们收集起来送到了小熊的百货店。小熊这回做出什么了?哈——几支可以吹出好听音乐的长笛和几袋可以做点心的骨粉!

小兔子爱画画,但每次画完了,都把练习用纸扔掉。现在不会了,他把它们收集起来,送到小熊的百货店。小熊把它们变成了纸飞机、纸风筝和纸船。

小花猫以前吃完鱼,会把鱼骨头扔得遍地都是,招来成群的苍蝇。现在小花猫把它们收集起来,交给小熊。小熊把它们变成了鱼骨曲别针和发夹。

小松鼠以前吃松子的时候,会将松子壳扔得到处都是。现在不会了,他也把它们收集起来,送到小熊的百货店。小熊把它们变成一幅幅美丽的画——松子壳粘贴出来的画。

一段时间后,小动物们突然发现,森林变样了:以前到处可见的垃圾,现在不见了;以前四处飞的蚊子、苍蝇现在少多了;以前总能闻到的臭烘烘的气味,现在没有了。

大家终于明白了,小熊是在为大家做好事呢。但也不能让他做赔本生意啊,所以,大家都到小熊的百货店去买东西。

知识链接

废物利用是指收集本来要废弃的材料，将其分解再制成新产品，或者是收集用过的产品，将其清洁、处理之后再出售。

断桥之谜

钱欣葆

大象王国有一支部队。每天早晨,大象士兵们在军官的带领下,都要在操场上操练。

一天,大象军官率领全体士兵,排着整齐的队伍走出军营。军官喊着响亮的口令:"一二一、一二一。"士兵们随着口令,迈着整齐、有力的步伐,雄赳赳地走上一座大桥。突然"轰隆"一声,大桥断裂,士兵和军官都掉进了水里。幸亏大家都会游泳,军官看着上岸后的士兵们一个个都像落汤鸡一样,真是哭笑不得。

军官想,这座大桥刚造好,桥的结构十分

合理，完全能承受这些士兵的重量，怎么会突然断了呢？会不会有谁在搞破坏呢？

军官把事故经过和他的想法向上级汇报。

上级派来象博士帮助军官破案，寻找大桥突然断裂的原因。

经过三天调查和实地勘察，象博士拍着大腿高兴地说："这个谜我解开了！"

军官忙问："犯罪分子是谁？"

象博士说："是'共振'！"

军官抓着头问："什么是'共振'？"

象博士耐心地说："'共振'是振动的重合。当士兵们齐步走时，他们的脚都以间隔相等的时间同时使劲地踏在桥面上，这种周期性的作用力使桥梁受到巨大的振动。桥梁有自己固有的振动频率，当其与士兵步

伐的周期性作用力频率接近时，就会发生共振，当共振超过设计规定的承受力时，桥梁就倒塌了。"

军官自言自语道："这么说来，士兵过桥时不该齐步走。"

象博士说："对，如果不是齐步走，士兵步伐的节奏就不同，可以彼此抵消一部分振动，就不会发生共振了。"

桥修好了。军官又带领士兵们齐步向大桥走去，快要踏上大桥时，军官发出口令，让大家不再齐步走，士兵们安全地过了桥。

知识链接

共振的危害程度高,危害范围广,如持续发出的某种频率的声音会使玻璃杯破碎,在高山上大喊一声,可引起山顶积雪的共振,顷刻之间便会发生一场雪崩。